현대시세계 시인선 107

그 여자네 국숫집

장은숙
시집

그 여자네 국숫집

장은숙
시집

도서출판 북인

시인의 말

당신 앞에 놓인 따뜻한 국수 한 사발이었으면 좋겠다.
면이 목을 넘어가듯 후루룩 넘어가서
마지막 장 덮을 때는 바닥을 보이는 국수사발처럼
토시 하나 없이 비워버리고
허기졌던 그 마음만 불러왔으면 좋겠다.

2019년 9월

차례

시인의 말 5

1부

별 짓는 밤 · 13
풍경소리 · 14
평창 이모집 · 15
배롱나무 아래서 · 16
쓸쓸한 날 · 17
4월 · 18
애인愛人 · 19
길 위에서 · 20
詩, 꿈꾸다 · 21
오달지다 · 22
가르마 · 23
장마 · 24
마른 똥 한 무더기 · 25
덜컹거리며 가다 · 26
아내의 상자 · 27

2부

황사黃砂 · 31
안부 · 32
전기 포트 · 33
그 여자네 국숫집 · 34
詩장수 · 36
쉰, 김치를 담그며 · 38
눈 내린 아침 · 39
분꽃 · 40
달 없는 밤 · 41
詩 · 42
동그라미 · 43
발의 전설 · 44
공현진 등대 가는 길 · 45
꽃나무가 있던 자리 · 46
가을 손님 · 48

3부

달밤 · 51
감자꽃 당신 · 52
숯 목욕 · 53
詩 2 · 54
구멍 · 56
국수 삶는 날 · 57
가마 · 58
사북 · 59
4월, 벚꽃 아래서 · 60
놋주발 · 62
가을 전갈 · 63
개밥바라기 · 64
봄, 청첩장 · 65
애기똥풀 피어나는 강둑 · 66
달 영사기 · 67

4부

수수께끼 · 71
밥눈물 · 72
갱년기 · 74
수취인불명 · 75
달개비꽃 · 76
짱돌 · 78
접시点 · 79
곡우穀雨 · 80
자반고등어 · 81
쪽마루 · 82
공공연한 비밀 · 83
노란 리본 · 84
생강나무 아래서 · 85
개화기開花期 · 86
꽃감자 · 87

해설 담백한 언어로 피워낸 '사람 시학' / 박완호 · 88

1부

별 짓는 밤

풍기 인견 세 마로
식구들 여름 파자마를 만들었다

저녁에 둘러앉아
덕두원 햇옥수수를 쪄먹었다

붕붕 파자마 사이로 새는
방귀 냄새 구수하다

아슴푸레 달무리 지는 여름밤

내일 아침 막둥이 똥에 덕두원 별이 쏟아지겠다

풍경소리

말해도 알고
말하지 않아도 알지

말한다고 곧이 믿고
말하지 않는다고 그 속 모를까

눈감고 바람 소리 듣는다

애쓰지 마라
애쓰지 마라

청평사 추녀 끝 젖은 물고기 한 마리

평창 이모집*

세 평이면 되겠다!

낡은 샤시문 밀고 들어가니
보꾹 다락방 삐걱거리는 나무계단 내려와
콩 갈고 돼지 비곗살 썰어
빈대떡 한 접시 부쳐주는 이모네
시린 등 붙어 앉아도 두 테이블에 만석이라
서로 몸피 줄이자 들고온 보따리 눈치껏 작아진다
요선동 왁자하던 시절에는 시청 도청 술꾼들
벌렁주 한 짝씩 비우고 갔다고
그믐달처럼 이울어진 이모님 왕년 소환하자
어느새 시간은 한 순배 거꾸로 돌고
골목을 타고 울리는 망개떡 소리
초저녁부터 졸던 연탄 난롯불
화들짝 불구멍을 열어젖히고
막걸릿잔 부딪히며 마음 부딪친 자리
올겨울 처음 눈다운 눈이 내린다

* 춘천시 요선동에 있는 3평짜리 막걸리집.

배롱나무 아래서

꽃일까

당신일까

한 점 지나가는 바람일까

쓸쓸한 날*

흔한 똥개였다

동네를 쏘다니다가도 밥때가 되어
제 이름을 부르면 쏜살같이 뛰어나오고
발! 하고 손을 내밀면
척! 앞발을 올리던 꽤 영리한 녀석이었다
아버지는 약주에 젖어 귀가하는 날이면
대문간 개집 앞에 주저앉아
개를 보고 오래도록 이야기하셨다
어느 겨울밤에는 개 등에 앉은 눈을 털어내며
안방까지 끌고 들어왔는데
오랜 친구처럼 앞에 앉혀놓고는
'다 부질없다'는 말만 고장난 카세트처럼 반복하셨다
어느덧 아버지 나이에 다다라
삶이란? 이런 부질없는 반문反問을 할 때면
그 겨울밤 취한 아버지와 그 아버지를 바라보던
늙은 개의 눈빛이 생각나 쓸쓸해지는 것이다

*정현우 화가 그림 제목.

4월

밭둑에 망초 순 한 줌 꺾어

묵은 된장에 주물러

밥 한 양푼 비벼먹고 나니

꽃 봐도 허기진 봄,

그제야 불러온다

애인愛人

한 장 읽고 밥그릇을 씻어 엎어두고

한 장 읽고 수수비로 방을 쓸고

한 장 읽고 걷어온 마른 빨래를 개키고

한 장 읽고 찻물을 올리고

다시, 돌아와 한 장 읽고는

차가 우려지는 동안 아득해져 길을 잃는다

행간이 넓고, 연이 깊고, 여백이 고요한
못생긴 애인愛人 하나 멀리 두고

바람이 전해주는 소식 가끔 들으며 살아도 좋겠다

길 위에서

중앙시장 능이 파는 노점 촌부 손등
갈라터진 능이 거죽 닮았다

능이 한 봉지 산 아낙

시커먼 봉지 더 크게 벌리며
한 개만 더 달라고 촌부와 실랑이하는데

지나가던 노구老軀 한마디 거든다

한 입 덜 먹으면 되지

詩, 꿈꾸다

달걀노른자 터뜨리지 않고 부쳐 아이들 점심 먹이고
세탁기 돌린 빨래 볕 좋을 때 널고
쓰레기 분리수거 잘해 내놓은 것이 詩보다는 먼저겠다

나라는 사람이 따뜻하더라는 말을
詩가 좋더라는 평보다 더 많이 들으면 좋겠다

나무 모가지 잘라 만든 귀한 종이라 생각하면
책장에 잠들어 있는 詩집이 냄비받침으로라도
세상에 쓰이면 나무에게 덜 미안하겠다

살다보면 詩집 한 권 사는 것도 사치스러운 날이 있기에
외상도 주고 선술집 잔술처럼 낱장 헐어도 팔고
유난히 어깨 처진 이 씨에게는 슬쩍 주머니 찔러주고 싶다

산통 끝에 낳은 자식처럼 아프지 않는 詩 없지만
사람들 사이 축구공처럼 굴러다니다
한번은 詩보다 운이 더 좋아서
골대 맞고 골 터지는 날도 기다려본다

오달지다

꽃눈이 나왔다고
다 꽃이 피는 것은 아니다

꽃 피었다고
다 열매 맺는 것은 아니다

열매 맺혔다고
다 알이 굵어가는 것은 아니다

알이 굵다고
다 달게 익어가는 것은 아니다

산책길,

발등을 찧는
노랗게 익은 살구 한 알

쿵!

가르마

뜰에 햇살 촘촘히 저며쥐고
앞머리에서 정수리 지나 뒷머리 잇는 가르마 타고
머리 곱게 빗겨주며 친정 어매 한숨처럼 흘렸네

가르마를 길게 타면 시집을 멀리 간다는데

수줍던 경상도 가시내
말 설고 물 설은 강원도 감자바위에게
마음 주고 몸 달아 겁 없이 소백산 넘어다녔지

달뜬 얼굴로 혼례 치르고
샐비어 꽃물 같은 단꿈 젖어 첫 신행 다녀오던 날

친정 어매 차에 실어놓은 늙은 호박 한 덩이

구불구불 죽령고개 허리 돌아칠 적마다
말이 씨 되었다고 덜겅덜겅 울었다

장마

비 오기를 기다리고
눈 오기를 기다리고

다시 해가 나기를 기다리고

밥때를 기다리고
월급날을 기다리고

그 사이로 꽃을 기다리고 열매를 기다리고

먼 길 찾아오는 친구처럼 단정히 죽음을 기다리고

기다림으로 베를 짜는 일이 삶이기는 하나

길 끊어지기 전에 한번 다녀가시라

오이꽃 떨구고 돌아치는 바람 편에 연통連通을 넣습니다

마른 똥 한 무더기

강둑 길섶에 가부좌 틀고 있는 마른 똥 한 무더기

바람 소리에 기대지 않고 부지런히 염불하다가

단정히 몸 벗어놓고 열반에 든 등신불

달개비꽃 별처럼 돋아나는 천변

고단하게 잡히는 물주름 내려보며

生과 死가 하나라고

生 死 오가며

무장무장 양지달굼 하고 계시네

덜컹거리며 가다

새 발령지 출근길 오십여 분 동안 과속방지턱이 40여 개

뿌리까지 흔들리는 비포장길 맨몸뚱이로 지나와
한번은 남들처럼 달려봐야지 속도를 낼 때마다
덜컹거리며 발을 거는 삶을 보는 듯 마뜩찮았는데
발에 차이는 돌멩이 하나도 전심全心으로 받으면
세상이 던지는 말머리 아닌 것이 없기에
시간에 쫓겨 앞만 보고 달리는 내 발을
하루에 수십 번씩 잡아 붙드는 과속방지턱 위에
고요히 마음을 모으니
그제야 죽비 내리치듯 덜컹 들리는 소리

이보시게 꽃이 지고 있다네

* 페이스북 제갈양 「과속방지턱 앞에서」.

아내의 상자*

퇴근길 장을 봐온 이 남자의 바구니 속에 새파란 봄동이 한가득입니다 왜 이리 많이 사왔냐 묻자 "당신이 좋아하잖아" 합니다 살림 궁핍하던 신혼시절 회식 자리에서 먹은 제비추리가 입에 맞았던지 나를 데리고 간 적이 있었습니다 맛보다 양이 야박해서 주머니 사정 생각하며 눈치껏 젓가락질한 기억인데 그날 이 남자의 마음 언저리에 아쉬움 남겼던지 내 의지 상관없이 "당신 제비추리 좋아하잖아" 합니다 요즘 저녁 설거지 끝내고 나면 마음으로 미루고 있던 성경을 한 장씩 필사하고 있습니다 어제는 예수님께서 우물에서 만난 사마리아 여인에게 말씀하셨습니다 "가서 네 남편을 데리고 오너라" 과거 다섯 남편을 두었고 여섯 번째 남자와 살고 있는 여인은 말합니다 "저는 남편이 없습니다" 이 말의 깊은 뜻은 헤아리지 못합니다 그러나 나에게 세상에서 네 남편을 데려오라 하시면 글 끝에 떨궈놓는 점 하나에도 내 마음 읽어내는 당신이 아니라, 내가 봄동을 제비추리를 그리고 입덧 때 찾았던 대봉을 좋아한다고 흔들림 없이 믿는 이 남자 데려가야 할 것 같습니다

*은희경 작가의 소설 제목.

2부

황사黃砂

우두길 27-5번지

무너지는 담벼락을 부여잡고
산통을 겪고 있는 살구낭구 한 그루

주인 떠난 지도 오래된 폐가

어미는 해마다 얼마나 캄캄한 가슴으로
저 많은 꽃들을 낳고 있었을까

꽃망울 씻기던 바람이 막막해
빈 하늘에 성호聖號를 그린다

안부

발이 찼습니다
겨울이 오면 얼음꽃이 피어서 가렵고 아렸습니다
어머니는 서리 맞은 가지 대를 삶아서
그 물에 발을 담그게도 하고
시루에서 막 쪄낸 솔잎을 광목에 싸서
언 발을 녹여주셨습니다
어느 날은 오일장에 나가 귀한 해삼을 사와서는
아버지상에 올리지 않고
꽃 핀 발가락에 동여매주셨습니다
어머니의 정성 때문인지
이제는 겨울이 와도 얼음꽃이 피는 일은 없지만
그래도 내 발은 여전히 찹니다
유난히 눈 소식이 많고 한파가 일찍 찾아온 올겨울
라디오에서 흘리는 일기예보에
습관처럼 양말 위에 버선을 덧신다 문득,
당신의 안부를 묻습니다

그 겨울
어머니 발은 따뜻한지요

전기 포트

결혼식 때, 멀리서 찾아준 지인이 고마워
차비 조금 쥐여주었는데
한 차례 뿌리치다 마지못해 받아 돌아간 그이가
일주일 뒤쯤 전기 포트를 부쳐왔다
그 전기 포트에 분유 물을 끓여 탈 없이 두 아이를 키우고
손님이 찾아오면 찻물을 끓여 대접하고
출출한 밤에는 라면 물을 끓여 배를 채우고
유난히 춥던 어느 해 겨울에는
얼어버린 수도를 녹여 빨래를 했다
결혼과 함께 동고동락同苦同樂한 전기 포트는
여전히 물만 부으면 뜨겁게 달아오르는데
그사이 우리는 어느 열선이 끊겨
내 안에 당신을 부어도 당신 안에 나를 부어도
불이 켜지지 않는 것인지

그 여자네 국숫집

간판은 없다

문 앞에 내놓은 이 빠진 국수 사발에
봄부터 가을까지 키 작은 꽃이 피어나고
겨울에는 눈밥이 고봉으로 쌓이는 집

비법의 육수도 없다

날씨 따라 계절 따라 간이 흔들리기도 하겠다

그날 판 첫 국수는
죄 없이 배고픈 이들의 몫으로 달항아리에 뗀다

마음이 마른 면같이 부서지는 날은
〈주인장 노을 보러 갑니다〉 써붙이고
저녁 장사 접는 날도 있다

허기보다 사람 고파 드는 손님
묻지 않아도 긴 안부 뽑아내면
경사慶事에도 조사弔詞에도 다 배불리 먹으라

국수사리 수북이 부조하는 주인

국숫물 다스리듯 마음 재우고
면이 익어가듯 늙어가면 되겠다

詩장수

마수걸이도 못한 장삿집에 詩를 사라 들어선다 안 산다고 내몰아도 한번 보기라도 하라며 밀고 들어선다 나가면 개나 소나 다 시인이더라고 하자 사기꾼이 많은 세상보다 낫지 않냐며 손 빠르게 詩를 펼쳐놓는다 칫솔도 아니고 때수건도 아니고 쟁여놓고 먹을 수 있는 마른 멸치도 아닌 것이 개도 못 끓여주는 詩 사서 무엇에 쓰겠냐 해도 소똥 말똥 개똥도 사두면 다 쓰임새가 생기게 마련이니 걱정은 바람 말뚝에 매두란다 그럼 귀퉁이 떨어지고 없는 것 한 장 주고 가라고 하니 장사꾼 아니랄까 덤은 있어도 공짜는 없노라 단칼에 잘라버린다 마지못해 詩 한 장 집어 읽는 시늉하고는 내 취향 아니라고 슬그머니 내려놓으니 큰 서점 나가봐도 이만한 물 좋은 詩 보기 드물다며 다른 놈을 들이댄다 그 틈을 잡고 詩 한 편 팔면 이문이 얼마나 떨어지냐 물으니 앞으로 남고 뒤로 밑지는 것이 장사란다 삭힌 홍어처럼 호불호가 강한 것이 詩라서 인건비는 고사하고 종잇값도 못하는 날이 허다하다며 긴 한숨 뽑아낸다 피장파장 시도 팔리지 않는 세상 꽃이라고 팔리겠냐며 오전 내 개시도 못하고 있으니 다음 장에 들러보라 하자 그때서야 주섬주섬 詩보따리를 챙겨 나간다 휘적휘적 걸어가는 詩장수 뒤로 플라타너스 마른 잎 마침점 되어 떨어진다

손님 없어 군둥내 나던 입이 화하다

쉰, 김치를 담그며

저녁거리 사러나갔다가 세일하는 배추 보고 곧 장마 지면 비싸질 텐데 미리 걱정하며 억척스럽게 배추 두 망 이고 와서 밤새 절이고 씻고 양념 만들어 김치 담가놓고는 아침에 일어나 김치통 바라보면 든든해지는 마음 그런 것 말고, 그 김치통 열어보고 양념에 숨죽어 반으로 줄어든 김치 보며 도둑맞은 것 같은 기분 그런 것도 말고, 잠자리 날개 같은 원피스 차려입고 분위기 좋은 카페에 앉아서 문을 열고 들어오는 사람이 너였다가 너였다가 너*이다가 다가오는 모든 발자국이 가슴에서 쿵쿵* 울리는 그런 심장은 어디서 파누?

*황지우의 시「너를 기다리며」중에서.

눈 내린 아침

눈사람이 왔어요!
눈사람이!

말 늦은 막둥이가 소리친다

그렇구나

눈이 오는 것도
비가 오는 것도

그사이 바람이 오가는 것도

사람이 오는 것이구나

내 허물 눈처럼 덮어주고
밤새 빗소리로 울어주고
젖은 마음 바람으로 말려주던 것

다 사람이었구나

분꽃

바람 한번 안 피우고 사는 남자가 어데 있노
밥상 한번 안 엎고 사는 남자가 어데 있노

그라모 여자는 천날만날
참고 살아야 되는기가

밥하다가 뜨거우면 뜨겁다카고
논일 밭일 하다가 더우면 덥다 추우면 춥다
그때는 말해야제

늘 체기 달고 살았던 세월

손가락 바늘로 따고
산그늘 바라보며 퉁퉁 가슴 치던 그 여자

달 없는 밤

저녁 먹고 마실 나온 보름달이 넌지시 안방을 내려다보고 있다 속옷차림이라도 들킨 듯 민소매 위로 겉옷을 찾아 걸쳐야 할 것 같다 이제는 동행한 이의 아련한 이름처럼 제목 또한 아련한 영화에서 비행접시가 빛을 쏘아 지구인을 끌어올리는 장면이 있었다 마냥 저 달을 쳐다보고 있으면 나를 당겨 제 품속으로 삼켜버릴 것 같다 달에는 공기도 물도 바람도 없다 하니 아픔도 슬픔도 미움도 없으려나 같은 땅 위에 있는 것들은 아무리 발버둥쳐도 닿지 않는데 저리 높이 떠 있는 달은 손만 뻗으면 닿을 것 같은 것이 어쩌면, 태생부터 내가 가질 수 있었던 것은 해와 달과 별 그리고, 그 사이를 조율하는 바람뿐인지도 모르겠다

詩

다 읽어 봐도

하늘이고, 땅이고, 바람이고, 꽃이고

사람이더라

입에 밥 들어가는 거더라

낯설기?
인생 한번 낯설어볼래

비틀기?
인생 한번 비틀어줘

사는 것 별 것 없더라

인생 어렵게 쓰지 말자!

동그라미

부대로 남편을 찾아온 아낙이
작전 중이라 면회할 수 없다는 보초병을 붙들고
애걸하고 있었는데

"야들 아부지가 까막눈이라
편지에 똥글뱅이 하나만 쳐서 보내는디
몇 달째 소식이 없으라"

.

.

.

당신과 내가 닿는데

한

줄

도

길

다

*한국전쟁을 배경으로 한 드라마의 한 장면이었다.

밭의 전설

감자꽃이 팍신팍신 피었네
땅콩들의 수다가 고소하게 퍼졌네
배추속이 푸근하게 차올랐네
참새소리 평화로운 하루를 노래하던 아침이었네
트럭이 용역깡패처럼 밀고 들어왔네
포클레인이 봄기운에 풀어진 땅을 마구 파헤쳤네
혹한을 견딘 대파가 뿌리째 나자빠졌네
밭지렁이에게 소식이 닿기도 전에
레미콘으로 밭을 덮어버렸네
울타리 너머로 이 사태를 지켜보던 목련은
놀란 가슴에 몇 날을 꽃 피우지 못했네
제 몸에 천 개의 촛불을 밝히고 봄과 함께 져버렸네
하루 아침 숨통이 끊긴 밭에는
한 계절 만에 5층 건물이 들어섰네
이제는 토박이처럼 서 있는 그 앞을 지나며
나는 아이에게 전설처럼 이야기하네

이곳에 가을이 오면 지붕 낮은 집 꼽추할머니
들깨 터는 소리 촬촬촬 들려오던
푸른 밭이 있었다고

공현진 등대 가는 길

별 낚아놓고
달 뜨기를 기다리는 강태공

오늘 밤

그 여자
열두 폭 치마 속으로

별
달

쏟아지겠다

꽃나무가 있던 자리

아버지를 모시고 올라가는 길에 만개한 벚꽃이 와르르 와르르 마치 온 식구들이 벚꽃놀이를 나온 것 같았다 아버지를 들여보내고 돌아보니 멀리 벚나무 아래 아버지와 닮은 숙부가 앉아 계셨다 그 모습이 겹치면서 떠오르는 꽃나무 한 그루

새집을 지어 이사 온 곳은 마당이 좁았다 아버지는 좁은 마당 반을 나누어 화단을 만드셨다 장날이 되면 이름도 화사한 화초들이 하나씩 늘어나고는 했다 여중 1학년 때였던 것 같다 학교를 파하고 돌아오니 내 방 창문 앞에 제법 키 큰 나무 한 그루가 서 있었다 좁은 입구에 나무를 심어놓았다고 어머니의 잔소리가 창 너머로 들려왔지만 아버지는 끄떡도 하지 않으셨다 어느 봄부터 나무는 분홍 꽃망울을 수줍게 내밀었다 해를 더해 갈수록 가지마다 총총히 꽃을 피워 올렸다 그러나 나는 그 옆에 심어놓은 빨간 앵두의 시고 단 맛이 더 좋았다 몇 해 지나지 않아 아버지의 오토바이와 어머니의 자전거를 세워둘 자리가 좁다는 이유로 화단을 시멘트로 덮어버렸다 그 바람에 한 바가지씩 열매를 내주던 앵두나무가 잘려나가는 수모를 당했다 그러나 꽃나무는 뻗어가는 가지에도 불구하고 꿋꿋이 그 자리를 지켰다 몇 년 후,

여고를 졸업하고 나는 도시로 나왔다 방학을 맞아 고향집에 내려가니, 꽃나무는 봄마다 그 많은 꽃송이를 매달았다고는 믿기지 않는 초라한 그루터기를 남긴 채 잘려 나가고 그 자리에는 어머니의 빨간 새 자전거가 서 있었다

평소 약주 들지 않으면 말이 없던 아버지셨다 고명딸인 나에게도 예쁘다 귀하다 소리에 인색하셨는데 새집을 짓고 무심히 내 방 창 앞에 심어놓은 꽃나무 한 그루, 20년이 더 지난 그때서야 여쭤볼 수는 없었지만 아버지를 기다리며 받쳐 오르던 그 큰 덩어리는 무엇이었던지

그 사이, 한 줌의 재가 되어 나온 아버지를 모시고 내려가는 길 위에는 벚꽃이 하얀 양탄자처럼 깔려 있었다

가을 손님

시간의 뒤안길 돌아보듯 의암호 따라 굽이돌다가

도로변 허름한 식당에 내려 잔은 비우지 않은 채
TV에서 흘리는 이국에 섬 보며 그곳에 가고 싶다 한다

자판기 커피 찾아 들어간 서면도서관
무심히 지워진 얼굴선만큼 세월의 책장 떠보고,

공지천으로 나와 춘천MBC 방송국으로

다시 상상마당 넘어가 빈 야외석 서너 칸 뛰어 앉아
나무의자 참 좋다 한다

눈앞에 중도中島 바라보며
목덜미 스치는 바람결에 빈 듯 찬 듯
모호한 옆모습 날려보내다

막배를 놓치면 못 나오겠다 실없는 농 던지고는
손목시계 걷어보고 급하게 자리 털고 돌아간 손님

한나절 머물다 떠난 자리 갈바람이 든다

3부

달밤

초저녁,
달빛이 좋다며 달 따러오라는 당신

막 TV에서는 달강달강 잘 살았던 부부
달같이 높이 달린 로또 따고
서로 생채기 내고 돌아서는데

밤하늘에 달은 한 개

달 따기도 전에 마음부터 졸아
그 달 당신에게 양보하겠다 하니

오두막집에는 달이 백만 개 천만 개나 뜬다고 하시네

당신이 그렇다고 하면 꼭 그럴 것만 같은 것이

훤한 그 얼굴 따러갈까보다

감자꽃 당신

이른 봄, 텃밭에 묻어둔 씨감자가 눈을 뜬 후
쑥쑥 밀어올린 잎사귀 사이로 감자꽃이 하얗게 피었습니다

앞날이 점쳐지지 않던 스무살
캄캄한 흙 속을 더듬으며 꿈을 꾸었습니다

서른에는 내 말을 하는 여자가 되고
마흔에는 향기를 남기는 여자가 되고
쉰에는 명경처럼 고요한 여자로 살고 싶다고

다행히 말 없는 남자를 만나 살다보니
그 덕에 말수는 줄었지만
굴뚝 속 같은 내 안을 들여다보면
까맣게 그을음만 올라오는데

그래도 바란다면

줄기 따라 가시를 세우고 있는 찔레꽃 향기보다는
당신의 텃밭에서 남몰래 어린 감자를 품고 있는
감자꽃 향기를 지닌 여자였으면 좋겠습니다

숯 목욕

탁!
타닥!

　툭!

쩍!

겨우내 먼지 쓴 몸뚱이 씻겨놓자
날 잡은 듯이 뼈마디 분지르는 소리 요란하다

윤회의 업보 따라
하루 아침 벌목꾼 도끼에 밑동 잘리고
숯쟁이 손에 열흘 밤낮 지옥 불가마에 굽혀도

그 값이 부족했을까

까맣게 탄 뼈까지 마디마디 부러지는
전생에 당신이 지은 죄명은?

詩 2

K언니네 꽃집에는 시집이 많다

詩쟁이 관심도 없다는데
봄가을로 피어나는 꽃처럼 던져놓고 간 시집이
날짜 지난 신문지처럼 쌓여 있다
그동안 시집은 우수리 떨지도 못하고
온 돈 다 주고 사 읽는 것으로 알았는데
그 덕에 시집을 주워 읽는다

어제는 모처럼 밤마실을 나갔다가
의도치 않게 뒷자리 패거리들 이야기를 엿듣게 되었는데

A 말입니다
그 X새끼

B가 대학 선배됩니다
그 양반 詩 좋아

C를 만났는데 말입니다
그 X새끼

D가 이번에
그 친구 詩 잘 쓰지

E와 점심을 먹었는데
그 X새끼
.
.
.
가만 듣고 있자니,
춘천에 반은 시인이고 반은 개였다

구멍

아이 바지 무릎이 해졌다 지난 번 기워준 자리가 구멍이 더 커진 것인데 새 바지 한 벌 사주라는 남편 말에 혼자 생목이 낀다 스물 살이 되던 해 도시로 나오기 전날 읍내 미장원으로 데려가 파마를 시켜주셨던 어머니 아침마다 기숙사에서 보글거리는 머리를 손질하느라 곤욕스러웠는데 아이 둘을 낳아 먹이고 입히고 가르쳐보니 쌀독 박박 긁어도 그것밖에 나올 것이 없는 아침을 혼자 삼킨 어머니가 아리다 상처에 반창고 붙이듯 다시 천을 덧대어 바지를 기운다 넘어져 피가 나던 아이의 무릎은 그 사이 딱지 떨어지고 새살이 돋았는데 한번 구멍난 가슴은 왜 낫지를 않고 시시때때로 덧나는 것인지

도시에 네 귀 반듯한 방 한 칸 마련해주지 못한 것을 오래 시려하셨다

국수 삶는 날

남편과 늦은 점심 먹는다

뜨거운 국수물 견디고 찬물 담금질한 국수타래
살얼음 깨고 세면한 듯 맑다

돌아보면 속 끓인 날 많았지만
국수 냄비처럼 달아오른 그 밤은 우리도 뜨거웠다
돌부리에 걸려 넘어진 시간 얼어버린 배추밭처럼 시렸지만
면발처럼 긴 세월 함께 견디며 왔다

멸치장국 따습게 위로한 한 그릇

서로 말없이 건어올리는 연민

후루룩후루룩

사랑하고 미워한 시간 비워지고
함께 익어온 세월 배불러온다

가마

꽃 피우지 않은 봄이 없었을 텐데
지천명 가까워서야 꽃을 처음 본 취나물
무심히 집어먹던 나물 반찬이
한때는 저만의 빛깔과 향기로 꽃을 피우다
때가 되자 미련없이 그 꽃 떨궈 씨를 남기고
이듬 봄, 가난한 밥상에 올라
가난한 사람들의 배를 불려주었구나 생각하니
새삼 취나물 꽃이 아득해지는 것인데

돌아보니

쑥갓도 꽃을 피우고
오이도 꽃을 피우고
가지도 꽃을 피우고
상추도 꽃을 피우고
대파도 꽃을 피우고
감자도 꽃을 피우고
당근도 꽃을 피우고

당신 정수리에도 꽃이 피었다

사북

굶지나 않으면 생각나지도 않지
달지나 않으면 기다리지도 않지

노랗게 익은 살구 한 알
입에 물리고 싶어

눈이 짓물러가는 하루

해는 정수리를 지나 시들어가는데

새끼들은 올 조짐이 없어

늙은 살구나무

뚝!
뚝!

눈물 떨구는 사북

*춘천시 사북면.

4월, 벚꽃 아래서

4·3　4·16　4·19

겨우내 죽은 듯이 서 있던 벚나무에
거짓말처럼 꽃이 피어나는 것처럼
그분의 옆구리에 난 창 구멍에
손을 넣어 보지 않고는 믿지 못하는 도마*처럼
나는 아무래도 그 이야기들이 믿기지가 않는 것인데
그러고도 산 사람은 살아
오늘 눈부시게 만개한 벚꽃을 보는데

이제 그 이야기들은 해피엔딩일까?

그때도 지금도 꽃을 피우는 늙은 벚나무에게 물어본다

앞머리만 보아도 알 것 같은 영화처럼
이제는 4자만 보아도 가슴 먹먹해지며 떠오르는

꽃숭이
숭이 숭이
숭이 숭이 숭이

숭이 숭이 숭이 숭이
숭이 숭이 숭이 숭이 숭이
숭이 숭이 숭이 숭이 숭이 숭이
숭이 숭이 숭이 숭이 숭이 숭이 숭이
숭이 숭이 숭이 숭이 숭이 숭이 숭이 숭이
숭이 숭이 숭이 숭이 숭이 숭이 숭이 숭이 숭이
숭이 숭이 숭이 숭이 숭이 숭이 숭이 숭이 숭이 숭이
숭이 숭이 숭이 숭이 숭이 숭이 숭이 숭이 숭이 숭이 숭이들

꽃 보기 죄스러운 4월, 뼛가루가 날린다

*도마(토마스) : 성경에서 예수님 부활사건을 의심했던 이.

놋주발

제사 지내고
탕국에 밥 말아 한 술 뜨는데
돌아가신 아버지 장죽長竹 내리치는 소리

뎅!
뎅!
뎅!

밥값은 하고 사느냐

가을 전갈

아침나절 머리를 감고 빗질을 하다가 허리까지 내려오는 머리털을 자를까 고민에 빠졌습니다 길러야지 작심하며 기른 마음이 아니어서 미련은 없었습니다 미장원 가는 것이 성가셔 한 뼘씩 내 손으로 잘라내도 돌아보면 다시 돋아나는 마음처럼 그만큼 자라 있습니다 머리 모양에 갑갑증이 일어 파마를 하고 염색을 하며 새 살림 차린 첩같이 한 달이 멀다 하고 못살게 군 때도 있었습니다 결국 끝이 갈라져 인비늘처럼 떨어졌습니다 내 마음의 최후를 보는 것같이 서글퍼 잊은 듯이 버려두었는데 머리털은 상한 곳을 회복하며 무심히 잘 자라 내렸습니다 내가 마음 닫아두는 것들은 당신처럼 혼자서도 잘 가시는 것 같아 쓸쓸해지기도 했습니다 단발이 어울릴까 짧게 커트를 할까 갈등했지만 끝내 용단을 내리지 못했습니다 미련은 없다 했지만 나도 모르는 미련이 남아 있었던지 빗질하다 빠진 머리카락을 돌돌 말아쥐었습니다 여름이 가기도 전에 이르게 핀 코스모스마냥 흔들리고 있습니다 말복 지나 불어온 건들바람에 마음이 이미 당신 쪽으로 기울던 모양입니다

올 가을은 오기도 전에 망했습니다

개밥바라기

저녁 무렵,

낯선 손님처럼 들어선 택배상자
그 위에 박힌 어머니의 손글씨

후데푼
010-****-****

봄, 청첩장

맷돌, 콩나물시루, 가마솥, 밀개와 암반, 다듬잇돌,
놋그릇, 두레상, 손재봉틀, 두툼한 목화솜 이불 한 채
그리고 실반지 한 개씩 나눠 끼겠습니다
신혼여행은 왕릉이 있는 경주로 가려고 합니다
가난한 사람인데 방을 두 칸씩이나 마련했습니다
작은방은 앉은뱅이책상을 들이고 서재로 쓰려고 합니다
살림은 서툴지만 씻고 나오는 그 사람을 위해
볕에 잘 말린 까슬까슬한 수건을 준비하겠습니다
봄이 오면 여전히 봉숭아 씨를 뿌려 창틀에 올려두겠습니다
발갛게 꽃이 피면 열 손가락 물들이고
첫눈 오는 겨울밤을 함께 기다리겠습니다
그때쯤 별똥 같은 아기씨 한 톨 내 안에 자라도 좋겠습니다
벽에 걸어둔 해바라기 그림처럼 내 등을
따뜻하게 데워주는 사람입니다
꽃이기보다는 서로에 고단한 발을 싸매주는
신발로 살겠습니다

애기똥풀 피어나는 강둑

발정나 집 나간 우리 돌이 무덕무덕 싸놓은 자리마다

노란 똥꽃이 피었네

알싸한 향기 봄바람 타고 막 젖멍울 맺히는 순이 불러오니

온 방천 헤적이고 다니며 둘이서 잡아봐라 놀이

노란 똥꽃 쓰러진 자리 화르르 나비 떼 날아오르고

봄 아지랑이 아릉아릉

돌이는 좋겠네!

달 영사기

달이 떠 있네요

신혼 초 밤 늦게 귀가하던 당신이 전화를 했었지요
얼른 베란다로 나와보라고
무슨 일인가 급하게 문 열고 나갔더니
아파트로 올라오는 골목길 가로등 밑에서
머리 위로 하트를 그리고 서 있다는 당신
그것이 영화의 한 장면이었다면
당신의 의도대로 완벽한 영상이 되었겠지만
지금에서야 고백합니다
하트인지 동그라미인지는 보이지도 않았고
겨우 당신만 알아볼 수 있었답니다
당신의 마음과 달리 신혼의 단꿈이 깨기도 전에
아득히 보이는 당신만큼이나
영화와 현실의 거리가 큼을 알게 되었지요

그날, 당신 머리 위로 만삭의 보름달이 우리를
막 시작하는 영화의 첫 장면처럼 내려다보고 있었답니다

4부

수수께끼

"엄마, 눈은 두 개인데 사람은 왜 한 개로 보여요?"

"글쎄"

.

.

.

.

.

.

(눈이 백 개라도 인간이 보아야 할 진리眞理는 한 개라고 신이 내놓은 수수께끼의 정답은 아닐까요?)

밥눈물

햅쌀이 도착했다

한 바가지 퍼 쌀을 씻는다

배곯은 새끼는 기억도 없는데
그 해 털은 알곡으로 햅쌀 찧으면
못다 물린 젖꼭지 물리듯 자식 입으로
젖줄을 댄다

쌀뜨물이 찰젖처럼 흐르는 저녁

손등까지 차올랐던 가난 어림으로 밥물 잡고
폭군처럼 뜨거웠던 세월 끌어다 솥을 달구고
우물에 떨어지는 두레박처럼
깊이도 모르는 한숨으로 천천히 뜸을 들인다

그사이 허기진 삶이 돌아오고,

밥이 잘 되었다고 어머니가 우신다

밥솥 열어보니

뜨거운 밥 위를 걸어간 김서린 발자국

갱년기

마당에 자목련이 피어도 시큰둥한 봄

붉으락푸르락 혼자 달뜨는 봄

뼛속이 말린 수세미처럼 비어가는 봄

끓었다 식었다 혼자 널뛰다

당신이 꼴도 보기 싫어 싸늘해지는 봄

열셋 첫 꽃 피우고
다달이 젖몸살 앓으며 피우던 꽃

소식 없어

빈 둥지에 뻐꾸기 알이라도 품고 싶은

그녀의 봄

수취인불명

침대에서 거실을 지나 현관문을 열고 택배를 받아오는 사이 핸드폰을 잃어버렸다 그 길을 다시 가보아도, 침대 이불을 털어도, 엎드려 침대 밑을 살펴도 없다 안경을 찾아 쓰고 다시 안방에서 현관까지 천천히 기억을 더듬어 가도 보이지 않는다 마음은 조바심이 일고 핸드폰 핸드폰 핸드폰을 중얼거리며 다니다 퍽! 울음이 터졌다 건망증으로 잃어버리고 찾고 하는 일이 하루 이틀도 아닌데 무엇이 그리 서럽게 가슴을 치던지 다행히 핸드폰은 찾았지만 문득, 내 생에 저쪽에서 이쪽으로 건너오는 사이 내가 잃어버리고도 잃어버린 것조차 모르고 있는 사람은 없었던 것인지 꽃 피는 날, 낙엽 지는 날, 비 오고 눈 내리는 날, 바람 부는 날… 바람 부는 날… 올려다보면 뒤돌아보면 있을 것 같은데 눈 코 입 다 지워지고 가슴만 서러워지는 그런 사람 하나 가을 어디쯤에서 잃어버리고 살고 있는 것은 아닌지 서걱거렸다

달개비꽃

장독대 옆 한 평 남짓한 쑥군락지에
달개비 한 포기가 솥을 걸고 살고 있는데
요 며칠 바람 한 점 오가지 않는 것이 영 수상한 것인데

암만 봐도 그 소문이 맞는 것 같다

발이 없어 발이 넓은 바람이
세상 떠돌며 주워들은 시시껄껄한 이야기로
먼저 수작을 걸었을 것이다
남의 눈을 피해 이른 새벽바람으로 밤 늦은 산바람으로
문고리 흔들며 마음마저 흔들어놓았겠지
여름 된더위에 시들시들하던 달개비꽃이
가을 초입 들어 보랏빛 선연하게 물오른 것 보면
말복 지나 낭창낭창한 코스모스 허리 희롱하며 불어온
그 건들바람이 분명하겠다
딱하기도 한 것이, 발이 없어 또 무시로 떠날 수 있는 바람
어느 구석을 믿고 옷고름 풀었을까 싶다가도
곁 주는 이 없는 쑥밭에 혼자 살아가는 그녀에게
바람이 속삭여주는 세상 이야기가 여북 귀에 달았을까
바람의 등에 업혀 어디든지 떠나고 싶기도 했겠지

마음이 포개지기도 하는 것이다

오늘도 두 점이 지나도록 바람은 소식이 없고
쑥덕쑥덕 쑥밭이 술렁거리기 시작하는데

정작 달개비꽃만 모르고 있는 눈치다

짱돌

초등 입학 첫날,
아들과 책가방을 같이 학교에 보냈는데
아들만 집으로 돌아왔다
조심스레 책가방의 행방을 묻는 말에
의기양양하게 글쎄! 한다

채 여물지 않은 어깨에
등짝보다 더 큰 가방을 지워 보내고
한나절을 파닥거리는 생가슴으로 기다렸는데
앞으로 어깨를 무던히 짓누를 책가방을 향해
선빵을 날리고 돌아온 아들

그래 지지 마라!

부모를 위해 공부 서틀 하지 말고
가슴이 뛰지 않는 일에 인생 삥 뜯기지 말며
부당한 세상에는 맞짱뜨며 가거라

접시点

아침 설거지를 하다가
아끼던 접시를 손에서 놓쳤다

깨진 조각을 주워 모으다가

사금파리들이 가리키는 쪽을
고요히 바라보았다

깨져야 새 것이 드니

한 주의 점괘를 읽어보는 것인데

곡우穀雨

개나리, 진달래, 목련, 철쭉, 벚꽃…
때 되어 얼굴 보이면
겨우내 잊고 있던 이름도 반갑게 떠오르는데
아이들 키우며 같이 수다 꽃 피운 그녀
이름 석자도 몰랐다
그저 밭둑에 흔한 야생화 같은 아무개 엄마
폭죽처럼 꽃망울 터지던 봄날
아무개꽃은 졌다
풋자두 같은 아들 두 눈에 담고
통꽃으로 졌다
맨땅에 목까지 떨궈도 세상은 미동 없이 흐르고
한나절 봄볕에 진자리 꾸덕꾸덕 말라가는데
놀이터 지붕 위 엄마 잃은 운동화 한 짝
밤새 비에 젖는다

자반고등어

가던 길 멈춰 뒤돌아보니
저 멀리,
어머니 눈물 속에 잠겨 절고 있는 새끼들

그 바다는 징하게도

짜다!

쪽마루

알곡처럼 쏟아지는 햇살이 아까워
쪽마루 한 칸 들였습니다
솜씨 좋은 늙은 목수의 손을 빌려 짜넣은 것인데
좁은 내 보폭으로 예닐곱 걸음됩니다
온종일 볕이 따라오는 남향집이라
호박고지를 만들어 널어도 잘 마릅니다
가을이 오면 오일장에 나가
감을 한 접 사다 깎아 마루 위에 엮어둘까 싶습니다
세월 속에 말라가는 내 얼굴처럼
감이 조글조글 말라가다 제 모습이 보기 싫어
하얗게 분을 내뿜으면 가을은 이미 지나고
겨울이 문턱에 와 있겠지요
그럼, 가으내 햇살이 말려준 곶감을 빼먹으며
당신이 들려주는 여우 나오는 옛날 이야기로
문밖에 도둑눈이 내리는 것도 모르고
겨울밤에 빠져 있고 싶습니다

공공연한 비밀

장에 나가면 당신 입에 맞는 것만 사와
평생 혼자 잘 드셨던 아버지

한 이불 덮고 살아도 밥은 먹었는지
생전 한번 물어보지 않으셨다는 아버지

눈 감기 전,
生의 비밀을 알려주시려는 듯

어머니 귀에 대고 속삭인 마지막 말씀이

"밥 묵었나?"

나고 지는 한 生이 그것이 다인 것을

노란 리본

아직 돌아오지 않는 네가 있어

멈춰버린 4월

바닷물 출렁이는 눈빛 뿌리치고 돌아선 듯

넘겨버린 지난 시간 죄스럽다

노란 리본 매놓고 올려다보는 하늘 끝에

흰고래 한 마리 서럽게 운다

네가 돌아오지 않은 세상 바람도 샛노랗다

*4·16 세월로 참사를 기리며.

생강나무 아래서

사철
그 자리에 피어 있었구나

지난 봄
바람에 진 것은 나였구나

내 마음이 밖으로 돌다

다시 네가 그리웠구나

사계절 나를 향해
노랗게 웃고 있었을 너

눈 내리는 겨울밤이 따뜻했구나

개화기開花期

웃음이 터졌다 씨앗이 터졌다 울화통이 터졌다 운수가 터졌다 얼어 터졌다 여드름이 터졌다 쌀자루가 터졌다 보일러가 터졌다 일복이 터졌다 얻어 터졌다 물러 터졌다 말문이 터졌다 미어 터졌다 핏줄이 터졌다 솔기가 터졌다 불어 터졌다 환호성이 터졌다 풍선이 터졌다 숨통이 터졌다 홈런포가 터졌다 시어 터졌다 목청이 터졌다 봇물이 터졌다 공이 터졌다 폭죽이 터졌다 양수가 터졌다 상복이 터졌다 한숨이 터졌다 좁아 터졌다 박수가 터졌다 수도가 터졌다 자식복이 터졌다 울음이 터졌다 급수관이 터졌다 축포가 터졌다 시청률이 터졌다 입술이 터졌다 골이 터졌다 느려 터졌다 대박이 터졌다 호주머니가 터졌다 감탄사가 터졌다 물집이 터졌다 조명탄이 터졌다 야유가 터졌다 함성이 터졌다 사건이 터졌다 코피가 터졌다 늦복이 터졌다 매력이 터졌다 불만이 터졌다 갈라 터졌다 둑이 터졌다 게을러 터졌다 물꼬가 터졌다 곪아 터졌다 얼어 터졌다 홍시가 터졌다…

빵! 터졌다

다 꽃망울 터지는 소리

꽃감자

지난 겨울 먹다 남은 감자 한 바구니
살겠다고 이 악물었던 자국마다
모질게 올라온 싹

그 안에 독기 품지 않았다면
혹한에 썩어 거름더미로 던졌겠지

퍼렇게 뻗쳐오는 당신의 삶이 아려
빈 화분을 찾아 심어주었다

다시 찾은 봄, 이번 생은

새끼를 키우는 씨감자의 굴레를 벗고
하늘을 향해 당차게 꽃대를 피워올리는
꽃 감자로 사셔라

■ 해설

담백한 언어로 피워낸 '사람 시학'

박완호/ 시인

첫 시집은 한 시인이 앞으로 만들어나갈 시세계의 출발점인 만큼 다른 어떤 시집보다도 각별한 의미를 지닌다. 시인에 따라 정도의 차이가 있겠지만, 대부분의 첫 시집은 조금은 정돈되지 않은 듯한 매력을 지니고 있으면서 습작 시절에서 등단 이후에 이르는 시간만큼이나 폭넓은 스펙트럼을 보여주는데, 그것은 단점이라기보다는 첫 시집이 지니는 특징이라고 해야 할 것이다. 시인은 누구나 그러한 첫 시집의 경험을 바탕삼아 조금 더 높고 먼 지점을 향해 한 걸음씩 나아간다.

장은숙 시인의 첫 시집 『그 여자네 국숫집』은 일상에서 길어올린 담백한 언어로 빚어낸 '사람'과 '삶'을 향한 남다른 관심과 애정, 주변의 자연과 평범한 삶에서 마주치는 '별 것 아닌 것 같으면서도 반짝이는 속성'을 지닌 존재들과의 관계 속에서 자연스럽게 떠오르는 시적 발상을 바탕으로 독특하게 형상화한 '낯섦'의 방식이 크게 돋보인다.

다 읽어봐도

하늘이고, 땅이고, 바람이고, 꽃이고

사람이더라

입에 밥 들어가는 거더라

낯설기?
인생 한번 낯설어볼래

비틀기?
인생 한번 비틀어줘

사는 것 별 것 없더라

인생 어렵게 쓰지 말자!

—「詩」 전문

'詩'를 대하는 마음가짐을 고스란히 담아낸 이 작품을 통해 우리는 시인이 시쓰기에 임하는 자세를 구체적으로 마주하게 된다. 이런저런 시들을 "다 읽어봐도" 시란 결국 다

'사람'이고 '삶'이라는 깨달음에 이른 그는 시를 쓰는 사람들이라면 누구나 한번쯤은 듣고 배웠을 '낯설게 하기', '비틀기' 같은 시쓰기 방법을 당연한 것으로 받아들이는 대신 자기 자신을 향해 "어렵게 쓰지 말자!"라며 다른 이야기를 꺼내드는 것이다. 사실 삶이란, 제아무리 '비틀고' '낯설게' 해가며 멋을 부려봐야 결국 '입에 밥 들어가는' 것에 불과한 일.

그런 맥락에서 시인이 말하는 '어렵게 쓰지 않는 시'는 쉽게 읽히면서도 사람 냄새를 물씬 풍기는 시를 의미한다고 볼 수 있으며, 어떤 면에서는 흔히 말하는 것처럼 '만드는 시'가 아닌 '우러나는 시'를 가리킨다고도 할 수 있으리라. 사람들 대부분이 시가 어렵다며 진지하게 마주하기를 꺼리고, 여기저기 시인들이 넘쳐나는데도 독자는 좀처럼 찾아보기 어려운 우리의 현실을 떠올리면 그 말은 자신뿐 아니라 모든 시인에게 던지는 화두라 해야 할 것이다.

장은숙 시인의 시에서 하늘, 땅, 바람, 꽃 같은 자연물은 사람과 더불어 세상을 이루는 것들이면서 사람으로 귀결되는 양상을 보이는데, 그러한 '자연-사람論'은 그가 자신만의 독특한 시세계를 만들어가는 중요한 바탕을 형성하게 해준다.

> 눈이 오는 것도
> 비가 오는 것도
>
> 그사이 바람이 오가는 것도

사람이 오는 것이구나

내 허물 눈처럼 덮어주고
밤새 빗소리로 울어주고
젖은 마음 바람으로 말려주던 것

다 사람이었구나

—「눈 내린 아침」 부분

달걀노른자 터뜨리지 않고 부쳐 아이들 점심 먹이고
세탁기 돌린 빨래 볕 좋을 때 널고
쓰레기 분리수거 잘해 내놓은 것이 詩보다는 먼저겠다

나라는 사람이 따뜻하더라는 말을
詩가 좋더라는 평보다 더 많이 들으면 좋겠다

나무 모가지 잘라 만든 귀한 종이라 생각하면
책장에 잠들어 있는 詩집이 냄비받침으로라도
세상에 쓰이면 나무에게 덜 미안하겠다

살다보면 詩집 한 권 사는 것도 사치스러운 날이 있기에
외상도 주고 선술집 잔술처럼 낱장 헐어도 팔고
유난히 어깨 처진 이 씨에게는 슬쩍 주머니 찔러주고 싶다

산통 끝에 낳은 자식처럼 아프지 않는 詩 없지만
사람들 사이 축구공처럼 굴러다니다
한번은 詩보다 운이 더 좋아서
골대 맞고 골 터지는 날도 기다려본다

—「詩, 꿈꾸다」 전문

시보다 삶이, 사람이 우선이라는 당연한 생각이 어딘지 모르게 시인답지 않은 것이라는 이상한 편견이 앞서는 현실 속에서 "달걀노른자 터뜨리지 않고 부쳐 아이들 점심 먹이고/ 세탁기 돌린 빨래 볕 좋을 때 널고/ 쓰레기 분리수거 잘해 내놓은 것이 詩보다는 먼저겠다"라는 말은 오히려 신선하게 들리기도 한다. "詩집이 냄비받침으로라도 세상에 쓰이면/ 나무에게 덜 미안하겠다"는 표현은 '시가 좋더라는 평보다 사람이 따뜻하더라는' 말을 더 많이 듣기 바라는 시인의 마음가짐이 '사람'에 머물지 않고 '생명'으로 확장되고 있음을 확인시킨다.

"내 허물 눈처럼 덮어주고/ 밤새 빗소리로 울어주고/ 젖은 마음 바람으로 말려주던 것// 다 사람이었구나"에서 볼 수 있듯, 그것은 '사람'과 '자연'이 마음을 주고받아가며 서로를 감싸주고 위로하는 모습으로 구체화되어 나타난다. 모두의 남루한 삶에 비하면 시집 한 권 사는 것도 사치라고 느끼며 "외상도 주고 선술집 낱장 헐어도 팔고/ 유난히 어깨 처진 이 씨에게는 슬쩍 주머니 찔러주고" 싶어질 만큼 따뜻한 인간미를 지닌 그이지만 가끔은 시인으로서 주목받고 싶은 마음이 왜 들지 않겠는가? 하지만 그는 여전히 처음 품었던 그 마음을 고스란히 간직하는 것처럼 보인다.

마수걸이도 못한 장삿집에 詩를 사라 들어선다 안 산다고 내몰아도 한번 보기라도 하라며 밀고 들어선다 나가면 개나 소나 다 시인이더라고 하자 사기꾼이 많은 세상보다 낫지 않냐며 손 빠르게 詩를 펼쳐놓는다 칫솔도 아니고 때수건도 아니고 쟁여놓고 먹을 수 있는 마른 멸치도 아닌 것이 개도 못 끓여주는 詩 사서 무엇에 쓰겠냐 해도 소똥 말똥 개똥도 사두면 다 쓰임새가 생기게 마련이니 걱정은 바람 말뚝에 매두란다 그럼 귀퉁이 떨어지고 없는 것 한 장 주고 가라고 하니 장사꾼 아니랄까 덤은 있어도 공짜는 없노라 단칼에 잘라버린다 마지못해 詩 한 장 집어 읽는 시늉하고는 내 취향 아니라고 슬그머니 내려놓으니 큰 서점 나가봐도 이만한 물 좋은 詩 보기 드물다며 다른 놈을 들이댄다 그 틈을 잡고 詩 한 편 팔면 이문이 얼마나 떨어지냐 물으니 앞으로 남고 뒤로 밑지는 것이 장사란다 삭힌 홍어처럼 호불호가 강한 것이 詩라서 인건비는 고사하고 종잇값도 못하는 날이 허다하다며 긴 한숨 뽑아낸다 피장파장 시도 팔리지 않는 세상 꽃이라고 팔리겠냐며 오전 내 개시도 못하고 있으니 다음 장에 들러보라 하자 그때서야 주섬주섬 詩보따리를 챙겨 나간다 휘적휘적 걸어가는 詩장수 뒤로 플라타너스 마른 잎 마침점 되어 떨어진다

손님 없어 군둥내 나던 입이 화하다

—「詩장수」 전문

제목에서부터 비판적 뉘앙스를 강하게 풍기는 「詩장수」는 시인이 한낱 장사치로 전락해버린 현실 속에서 겪는 고뇌와 자기 반성을 해학적인 목소리를 통해 인상적으로 담아내었다. "개나 소나 다 시인"인 세상에서 그래도 "사기꾼이 많은 세상보다 낫지 않냐"며 詩를 펼쳐놓는 '詩장수'의 모습은 시인과 시인사회가 지닌 부조리의 단면을 그대로 드러내보인다. 시험 문제를 풀 듯 시를 가르치고 배워가며, 어떤 게 좋은 시라면서 너도나도 엄지손가락을 치켜세우는 현실 속에서 그는 "삭힌 홍어처럼 호불호가 강한 것이 詩"라는 사실을 지적하면서 시인이 마땅히 지녀야 할 마음가짐이 어떤 것인가를 드러내고 있다.

'개나 소나 다 시인', '개도 못 끓여주는 詩 사서 무엇에 쓰겠냐', '詩 한 장 집어 읽는 시늉하고는 내 취향 아니라고', '詩 한 편 팔면 (…) 앞으로 남고 뒤로 밑지는 것이 장사', '삭힌 홍어처럼 호불호가 강한 것이 詩', '시도 팔리지 않는 세상 꽃이라고 팔리겠냐며' 등의 표현을 통해 확인할 수 있는 그의 태도는 누구나 다 아는 사실이면서도 모르는 척하는 우리의 문학현실에 대한 반성을 불러일으키기에 모자람이 없어 보인다. '산통 끝에 낳은 자식처럼 아프지 않은 詩 없지만'에서 볼 수 있듯, '시'를 향한 깊은 애정을 여과 없이 드러내면서도 그는 여전히 '詩'보다는 '사람'

이 먼저라는 것을 빼놓지 않는다.

산책길,

발등을 찧는
노랗게 익은 살구 한 알

쿵!

—「오달지다」 부분

해는 정수리를 지나 시들어가는데

새끼들은 올 조짐이 없어

늙은 살구나무

뚝!
뚝!

눈물 떨구는 사북

—「사북」 부분

「오달지다」와 「사북」은 군더더기 없이 간결한 표현 속에 마음 한가운데를 세게 때리는 '한방'을 품고 있는 작품이다. 몇 번에 걸친 '아니다'의 반복 끝에 달린 '쿵!'은 그동안 지녀온 생각의 발등을 찧는 선적 깨달음의 순간과 맞닿아 있다. "늙은 살구나무// 뚝!/ 뚝!// 눈물 떨구는 사북"은 '노랗게 익은 살구 한 알/ 입에 물리고 싶어// 눈이 짓물러 가며' 자식을 기다리는 늙은 부모의 모습을 선명히 떠올리게 하는데, 「오달지다」와 「사북」에 나타난 뛰어난 언어 감각은 작위적이지 않은 '낯설게 하기'와 '비틀기'가 짚어낼 수 있는 시의 긍정적인 지점을 새삼 확인시켜준다. 그것은 「詩」에 나오는 '낯설기'와 '비틀기'에 대한 이 시인의 생각이 어떤 것인가를 구체적으로 보여주는데, 그가 '낯설게 하기'나 '비틀기'와 같은 시작법 자체를 부정하는 게 아니라 지나치게 작위적인 시쓰기 태도에 대한 거부감을 나타낸 것임을 알 수 있게 한다.

"무너지는 담벼락을 부여잡고/ 산통을 겪고 있는 살구낭구 한 그루"(「황사」)에서 보듯, 여러 작품에서 마주치는 시어인 '살구나무'는 "주인 떠난 지도 오래된 폐가// 어미는 해마다/ 얼마나 캄캄한 가슴으로 저 많은 꽃들을 낳고 있을까"(「황사」)라는 표현을 통해 파악할 수 있는 것처럼 그의 어린 시절의 기억과 맞닿아 있음을 짐작할 수 있다. 이 시집에 나오는 '사람'은 '가족/ 그 밖의 사람들'로 이루어지며, '가족'은 다시 '과거-어머니와 아버지', '현재-남편과 아이'로 나뉜다. 과거의 기억 속에 존재하는 어머니와 아버지는 아프고 상처 많았던 옛날을 떠올리게 할 뿐 아니라 지금의 '나'가 가치 있는 삶을 살아가도록 해주는 바탕이 되어준다.

손등까지 차올랐던 가난 어림으로 밥물 잡고
폭군처럼 뜨거웠던 세월 끓어다 솥을 달구고
우물에 떨어지는 두레박처럼
깊이도 모르는 한숨으로 천천히 뜸을 들인다

그사이 허기진 삶이 돌아오고,

밥이 잘 되었다고 어머니가 우신다

밥솥 열어보니

뜨거운 밥 위를 걸어간 김서린 발자국

—「밥눈물」 부분

늘 체기 달고 살았던 세월

손가락 바늘로 따고
산그늘 바라보며 퉁퉁 가슴 치던 그 여자

—「분꽃」 부분

지난 겨울 먹다 남은 감자 한 바구니

살겠다고 이 악물었던 자국마다
모질게 올라온 싹

그 안에 독기 품지 않았다면
혹한에 썩어 거름더미로 던졌겠지

퍼렇게 뻗쳐오는 당신의 삶이 아려
빈 화분을 찾아 심어주었다

다시 찾은 봄, 이번 생은

새끼를 키우는 씨감자의 굴레를 벗고
하늘을 향해 당차게 꽃대를 피워올리는
꽃 감자로 사셔라

—「꽃감자」 전문

그에게 있어 '어머니'는 "뜨거운 밥 위를 걸어간 발자국"처럼 가난하고 아프기만 했던 지난 시절 '늘 체기 달고' 살아야만 했던 세월 속에서 "손가락 바늘로 따고 산그늘 바라보며/ 퉁퉁 가슴 치던" 여자이면서, "살겠다고 이 악물었던 자국마다/ 모질게 올라온 싹"처럼 모질기만 한 삶 속에서도 기어이 '싹'을 틔워내는 강한 생명력을 지닌 존재로 그려지고 있다. '여성-모성'의 속성을 동시에 지닌 존재인 '어머니'를 통해 그는 자기 자신의 존재 가치와 의미를 다

시금 확인한다.

"새끼를 키우는 씨감자의 굴레를 벗고/ 하늘을 향해 당차게 꽃대를 피워올리는/ 꽃 감자로 사셔라" 하는 화자의 목소리는 "줄기 따라 가시를 세우고 있는 찔레꽃 향기보다는/ 당신의 텃밭에서 남 몰래 어린 감자를 품고 있는/ 감자꽃 향기를 지닌 여자였으면 좋겠습니다"에서처럼 시인 자신을 향한 발화로 자연스럽게 이어지는 것이다. 그것은 엄마와 딸의 단순한 '대물림'이 아니라 '어머니-꽃 감자' '나-감자꽃'으로 이어지는 이미지의 변화를 통해 진일보한 모습으로 형상화되어 나타난다.

간판은 없다

문 앞에 내놓은 이 빠진 국수 사발에
봄부터 가을까지 키 작은 꽃이 피어나고
겨울에는 눈밥이 고봉으로 쌓이는 집

비법의 육수도 없다

날씨 따라 계절 따라 간이 흔들리기도 하겠다

그날 판 첫 국수는
죄 없이 배고픈 이들의 몫으로 달항아리에 떈다

마음이 마른 면같이 부서지는 날은

〈주인장 노을 보러 갑니다〉 써붙이고
저녁 장사 접는 날도 있다

허기보다 사람 고파 드는 손님
묻지 않아도 긴 안부 뽑아내면
경사慶事에도 조사弔詞에도 다 배불리 먹으라
국수사리 수북이 부조하는 주인

국숫물 다스리듯 마음 재우고
면이 익어가듯 늙어가면 되겠다

—「그 여자네 국숫집」 전문

시집 제목이기도 한 「그 여자네 국숫집」은 '간판 없고' '비법의 육수도 없고' '날씨나 계절 따라 간이 흔들리기도 하는'에서 떠올려지듯, 허름하고도 특별나지 않은, 오히려 어딘지 모자라는 구석을 지닌 '그 여자네 국숫집'을 통해 "그날 판 첫 국수는/ 죄 없이 배고픈 이들의 몫으로 떼"어두고, "허기보다 사람 고파 드는 손님/ (…) / 다 배불리 먹으라 국수사리 수북이 부조하는", "마음이 마른 면같이 부서지는 날은/ 〈주인장 노을 보러 갑니다〉 써붙이고/ 저녁 장사 접는 날도 있다"에서 볼 수 있듯 '넉넉하고 인심 좋으며, 돈벌이에 목매지 않고, 한편 낭만적'이기까지 한 삶의 모습을 그려내고 있다.

그것은 바로 시인이 꿈꾸는 삶의 구체적인 모습이며, 시인의 마음이 지향하는 '사람다운 사람들이 더불어 살아가는 삶의 공간'과 긴밀하게 연결되어 있다. "시린 등 붙어 앉아도 두 테이블에 만석이라/ 서로 몸피 줄이자 들고온 보따리 눈치껏 작아"지는 곳인 '평창 이모집'은 '막걸릿잔 부딪히며 마음도 함께 부딪치는' 사람들이 한 데 섞이는 자리이며, 과거와 현재가 공존하는 추억의 공간이기도 하다. '그 여자네 국숫집'과 '평창 이모집'을 통해 시인은 자신이 추구하는 '행복한 삶'이 어떤 것인가를 자연스럽게 드러내고 있다.

첫 시집을 엮는 시인만큼은 아니겠지만, 누군가의 첫 시집이 세상에 태어나기도 전에 그 시들을 미리 읽어보는 사람 또한 두렵고 설레기는 마찬가지다. 나름대로는 평범한 듯한 수사의 이면에 깃들어 있을 깊은 의미를 찾아내려 애썼지만, 내 무딘 눈에 비친 게 과연 시인이 의도한 것이었는지는 알 수 없는 일이다. 시는, 사람에 따라 삶과 언어 가운데 어느 한쪽을 더 중시할 수는 있겠지만, 어떤 경우든 둘 사이에 존재하는 긴장감이 느슨해지는 순간 그것이 지니는 시적 가치는 줄어들 수밖에 없다. 그것은 시인에 따른 호불호의 문제가 아니라 언어 예술로서의 시가 숙명적으로 지니는 운명이다.

'사람'에 대한 깊은 애정을 바탕으로 자기 주변의 사람들과 일상 속에서 마주치는 수많은 존재 속에 깃들어 있는 시적 의미를 찾아내어 독특하면서도 어렵게 느껴지지 않는 자신만의 언어로 형상화하려는 장은숙 시인의 시들은 『그 여자네 국숫집』과 함께 독자들에게 뜻깊은 목소리로 다가갈 것이다. 이 시인의 목소리가 더욱 가치 있는 울림으로 꽃 피게 되기를 기대한다.

현대시세계 시인선 107
그 여자네 국숫집

지은이_ 장은숙
펴낸이_ 조현석
기 획_ 백인덕, 고영, 박후기
펴낸곳_ 북인
디자인_ 푸른영토

1판 1쇄_ 2019년 11월 23일
출판등록번호_ 313 - 2004 - 000111
주소_ 121 - 842 서울 마포구 서교동 467 - 4, 301호
전화_ 02 - 323 - 7767
팩스_ 02 - 323 - 7845

ISBN 979-11-87413-61-5 03810

이 도서의 국립중앙도서관 출판예정도서목록(CIP)은 서지정보유통지원시스템 홈페이지(http://seoji.nl.go.kr)와 국가자료종합목록시스템(http://www.nl.go.kr/kolisnet)에서 이용하실 수 있습니다. (CIP제어번호 : CIP2019043321)

책값은 뒤표지에 있습니다.
저자와 협의 아래 인지를 생략합니다.

이 책은 춘천시문화재단의 후원으로 발간되었습니다.